Ndoye et l'âne

Leeb on

COLLECTION

Collection leeboon

Récits et Contes du Sénégal

A.DI.PRO.L / **A**gence de **D**istribution et de **P**romotion du **L**ivre

RC ; SN-DK-2004M-15730 – NINEA 42651891E1 / Sis à la Cité Filaos villa N°61 Rufisque – Sénégal /

Www.adiprol.com - contact@adiprol.com

La Promesse

Auteur : **Abdou Karim DIOP**

Illustrateur : **Mame Abdou THIOUF**

À Dindefello, le contraste entre la plaine et la montagne donnait naissance à un paysage fantastique.

Au sommet de la montagne, se trouvait le village de Diogoma.

Cette année, à Diogama, les pluies étaient au rendez-vous et les récoltes furent abondantes.

Modou, un jeune cultivateur du village, profita de cette bonne année de récolte, pour épouser Fatoumata, une jeune et belle fille du village.
À présent, Fatoumata est enceinte de neuf mois.

Tous les jours, à l'approche du crépuscule, avant le coucher du soleil, Modou l'amène se promener derrière les champs d'arachides. Dans cette belle savane parsemée de baobabs, qui s'étalait à perte de vue.

Ce matin-là, tout doucement, le jour se levait à Diogama.

Le soleil se hissait lentement dans le ciel, laissant sa belle lumière éclairait le village de Diogama.

Modou est déjà dans son champ d'arachides, en train de labourer tranquillement la terre.

Soudain, sa sœur Thiaba pénétra dans le champ en criant haut et fort : « viens vite, Fatoumata est en train d'accoucher. »

Modou lâcha la houe qu'il tenait dans sa main et courut vers sa maison.

Lorsque Modou arriva devant la porte de sa case, sa sœur Thiaba l'arrêta : « tu ne peux pas entrer, lui dit Thiaba, les femmes sont encore à l'intérieur. »

Puis, elle lui confia ceci : « il se passe une chose anormale, l'enfant n'arrive pas sortir du ventre de sa mère. Tante Courra pense que tu dois aller voir le vieux Sagone. Elle a l'impression que l'enfant refuse de sortir du ventre de sa mère. »

Modou resta dehors, inquiet, tout pensif, le regard perdu dans le ciel bleu de Diogama.

Le soleil continuait à se faufiler haut dans le ciel. Le sifflement du vent se faisait entendre, emportant avec lui, le chant des oiseaux.

Finalement, Modou accepta le conseil de tante Courra et alla voir le vieux Sagone.

En pénétrant dans la case du vieux Sagone, le sage du village,
Il le trouva assis par terre, sur une natte, les jambes croisées.

Il faisait face à la porte d'entrée, tenant dans sa main droite
sa canne, qui était devenue au fil du temps, son plus fidèle
compagne.
Il leva le regard, le posa sur le visage inquiet de Modou,
esquissa un léger sourire et lui dit : « entre Modou,
 je t'attendais. ».

Modou enleva ses chaussures et prit place sur un banc, face à Sagone.

Aussitôt, le vieux Sagone lui confia ceci : « cette nuit, j'ai vu en rêve un enfant assis sur un banc, au milieu d'une grande cour. Brusquement, tu es apparu, tenant dans tes mains un sachet ».

Modou, lui dit –il d'un ton sévère et dur « Ici à Diogama, toute promesse faite à un enfant doit être tenu. Si tu as fait une promesse à un enfant, tu dois l'honorer rapidement. Sinon, la colère du bon Dieu s'abattra sur toi et sur ta famille. »

Aussitôt, Modou se rappela de la scène de la nuit d'hier, chez son frère.

Il avait rendu visite à son frère malade. Prés du lit, se trouvait son fils Baba, qui n'arrêtait pas de pleurer.

Alors, Modou le prit dans ses bras et lui dit :« si tu arrêtes de pleurer, demain, très tôt le matin, je t'achèterai des beignets chez Taco, la vendeuse du quartier. »

Et sans hésiter il remit ses chaussures, remercia le vieux Sagone et se précipita chez Taco la vendeuse de beignets.

Baba était assis dans la grande cour, sur un banc, face à la grande porte d'entrée, comme s'il guettait l'arrivée de quelqu'un.

Et lorsque Modou franchit la grande porte de la maison, tenant dans sa main un sachet, il sauta de joie.

Modou lui remit un sachet rempli de beignets.

Aussitôt après, il reprit le chemin de sa maison.

En arrivant chez lui, au moment de franchir le seuil de la porte de sa case, Modou entendit le bébé pleurait.

Il se précipita à l'intérieur de la case, sa tante Courra lui tendit une belle petite fille enveloppée dans un beau pagne noir.

Il le prit dans ses bras, se retourna, et se jeta dehors.

Dans la grande cour, son regard se promena sur le ciel de Diogama. Le soleil était au zénith, le vent continuer à souffler et les oiseaux chantaient au-dessus des arbres.

Il souleva le bébé et lui chuchota dans l'oreille : « Bienvenue à Diogama ma fille. Je vais te confier un secret. Ici à Diogama, toute promesse faite à un enfant doit être tenue. »

NDOYE ET L'ÂNE

Auteur : **Abdou Karim DIOP**

Illustrateur : **.Mame Abdou THIOUF**

.Entre le grand fromager et le fleuve qui longeait le petit village de Doukoumane, se trouvait la maison de la petite Ndoye.

Une maison semblable à toutes les autres maisons du village.

Trois petites cases, dans une immense cour, entourées par une clôture toute neuve, en tiges de mil, issues de la dernière récolte

Comme tous les enfants de son âge, la petite ndoyee adorait jouer dans la rue;
Mais, elle avait la mauvaise habitude de ramener à la maison des objets ramassés dans la rue.

La dernière fois elle a ramené une petite valise noire à roulettes, en criant tout heureuse : « maman ! Maman ! j'ai trouvé une valise qui marche. »
Sa mère lui répétait sans cesse : « Ndoye arrête de ramener à la maison des objets ramassés dans la rue. »

Mais Ndoye n'écoutait jamais ses parents

Un matin, Ndoye sortit de sa maison.

Dehors, elle aperçut sous le fromager un âne.
Elle s'approcha de l'âne.

Pendant un moment elle l'observa en se grattant la tête.

Brusquement d'un geste rapide, elle sauta sur l'âne et fonça à la maison.

En toute allure l'âne pénétra dans la maison de la petite Ndoye...

Elle trouva sa maman dans la cour en train de préparer le repas de midi.

Elle sursauta, pris de peur.

Un âne ! S'exclama-t-elle : « il ne manquait plus que cela, je vais appeler ton père, dit-elle, toute furieuse. »

Aussitôt arriver, l'âne réclama à manger.

Ndoye alla voir son père, qui lui donna une botte de foin.
L'âne le mangea, et aussitôt, se mit à chanter.

-« Toi la petite fille qui m'a ramassé
J'ai toujours faim, je ne suis pas rassasié,
donne-moi à manger ».

Ndoye apporta une autre botte de foin. L'âne le mangea et se remit à chanter

Elle lui donna une autre botte de foin, et encore, et encore. Après avoir mangé, l'âne recommençait toujours à chanter.

« Toi la petite fille qui m'a ramassé
J'ai toujours faim, je ne suis pas rassasié,
donne-moi à manger ».

22

Ainsi l'âne mangea tout le foin,
toute la récolte, la clôture de
la maison.

Puis il avala les ustensiles qui
se trouvaient dans la cour.

Il ne restait plus rien
dans la maison.

Alors l'âne se tourna vers la petite Ndoye

et lui dit : « Je vais te manger, à présent. »

Ndoye se mit à pleurer : « je t'en supplie ne me mange pas.

- je vais te manger, lui répéta l'âne, pourquoi tu m'as ramassé ?

- je jure que je ne ramasserai plus rien dans la rue. »

C'est alors que le génie du village qui s'était transformé en âne, rendit tout ce qu'il avait avalé et disparut.
Ndoye retrouva sa maison.

Et depuis ce jour elle ne ramassait plus rien dans la rue.

© 2019 - ADIPROL

Agence de Distribution et de Promotion du Livre

ADRESSE : Cité filaos villa N°6 Rufisque—Sénégal

ISBN : 978 - 2 - 9536861-1-1

Dépôt légal mai 2019

Un album au rythme du récit et du conte, pour vous raconter de belles histoires d'enfants qui se sont passées là-bas dans les villages mythiques du Sénégal.
La promesse du jeune cultivateur Modou, et la belle histoire de la petite Ndoye, une petite fille têtue qui n'écoutait jamais ses parents.

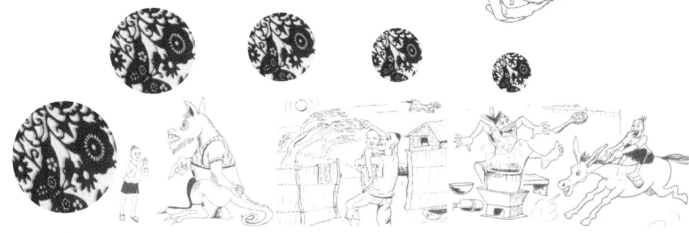

CPSIA information can be obtained
at www.ICGtesting.com
Printed in the USA
BVHW011031300519
549686BV00013B/694/P